美院考试考题评析

设计专业素描

MEIYUAN KAOSHI KAOTI PINGXI

SHEJI ZHUANYE SUMIAO

何光 谢小健 编著

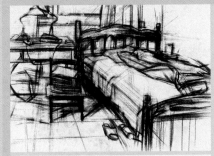

广西美术出版社

图书在版编目(CIP)数据

设计专业素描 / 何光，谢小健编著．—南宁：广西美术出版社，2005.7
(美院考试考题评析)
ISBN 7-80674-680-3

Ⅰ.设… Ⅱ.①何…②谢… Ⅲ.素描—技法(美术)—高等学校—入学考试—自学参考资料 Ⅳ.J214

中国版本图书馆 CIP 数据核字(2005)第 090313 号

美院考试考题评析·设计专业素描　　何光　谢小健　编著

主　　　编：	何　光
编　　　委：	何　光　谢小健　刘晨煌　周度其　雷　波
	苏剑雄　岑星品　曾　真　陈建国　罗思德
	陈　川　蒋　仁　韦小玮　闫爱华　韦扬锋
	刘奕进　廖　婷　劳宜超　黄　强　刘　佳
策　　　划：	杨　诚
责任编辑：	吕海鹏
装帧设计：	亚　鹏
封面设计：	易　言　青　鸟
责任校对：	陈小英　陈宇虹　罗　茵
审　　读：	林柳源
终　　审：	黄宗湖
出 版 人：	伍先华
出版发行：	广西美术出版社
地　　址：	南宁市望园路 9 号
邮　　编：	530022
制　　版：	广西雅昌彩色印刷有限公司
印　　刷：	广西民族印刷厂
版　　次：	2006 年 1 月第 1 版
印　　次：	2006 年 1 月第 1 次
开　　本：	889mm × 1194mm　1/16
印　　张：	4.5
书　　号：	ISBN 7-80674-680-3/J · 494
定　　价：	26 元

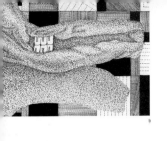

序

　　本书是根据历年高等院校设计专业的素描考题编写的。设计专业素描是一门新兴的课程，它与一般的绘画素描同是艺术基础教学的重要组成部分，它是传统素描与设计艺术结合的产物，也是集表现形、研究形、创造形为一体的形态语言发展素描。设计专业素描突破了一般的写实描绘，肩负着创造力，是整个设计活动的基础，它基于一般绘画素描又不同于一般绘画素描。本书重点收集了全国历年设计类考题，对不同题型进行了分析归纳、配图点评，以求起到较客观的指导作用。

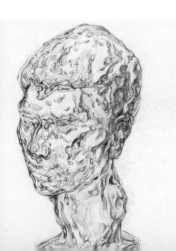

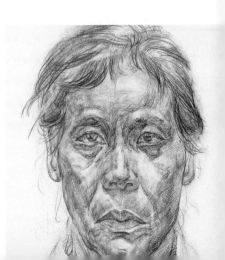

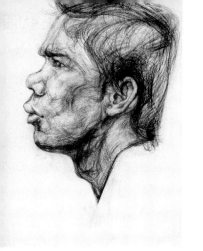

目　录

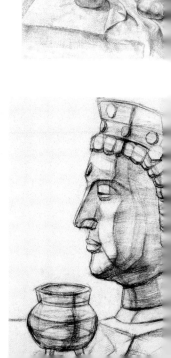

一、高等院校设计专业素描考题分析

近年，全国高等美术院校的设计类专业都大幅度扩招，设计类的考试方法随之变化，设计类考题的题量在逐步增加，题型更趋丰富。目前，在传统考题的基础上已经涌现出许多新型考题，我们把这些新题型归纳为四种类型，分别是创意题型、写生题型、默写题型和摹写图片题型，并对这些题型进行深入分析研究，配图点评。

（一）创意题型

创意题型是造型能力和设计思维能力结合的题型。它与一般考题不同，并不是直接对物体的形象进行写生或者默写，而是要求学生对一道题作出创造性发挥，并且能体现题目的要旨。造型能力是指考生在构图和塑造等方面的技能；设计思维是指考生的创造性思维，它与发散思维、逆向思维、联想思维、灵感思维以及模糊思维等多种思维形式相关联。所以考生平时要注重对设计思维的培养。对生活中所见到的事物，通过自己的想像力，激发出创作的灵感。

模拟题

素描试题："心情"。

要求：构图饱满、节奏感强，能准确地表达情感色彩且只能用黑白灰三种元素。

作者：　玉荣

素描试题："心情"。

作者：朱蔓清

素描试题：城市·空间。
要求：以半抽象的形式构成画面。

作者：扶晓

素描试题：城市·空间。

作者：何峰

素描试题：学海无涯苦做舟。
要求：画面要求整洁干净，构图饱满。

作者：王羽

素描试题：保护大自然。
要求：表现手法不限。

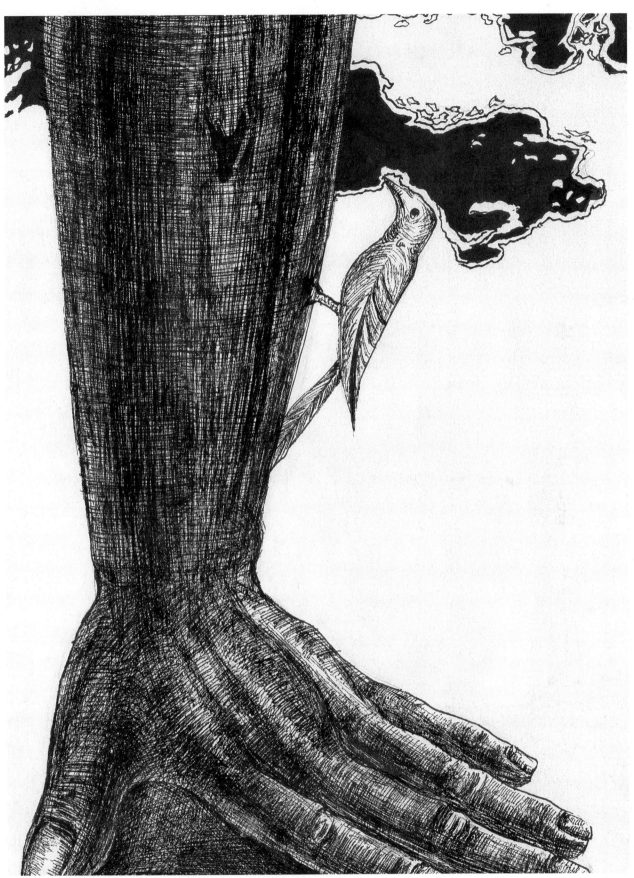

作者：倪冰

素描试题：用生活中常见的一个物体表达一种感受。

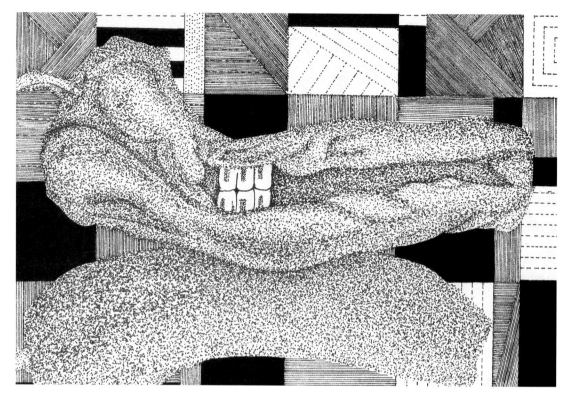

作者：张磊磊

素描试题：以叶子为元素进行联想创作。
要求：有根据地产生联想，图形最好有一定的寓意。

作者：戴明峰

素描试题：用一种植物表现科技与自然的一种关系。

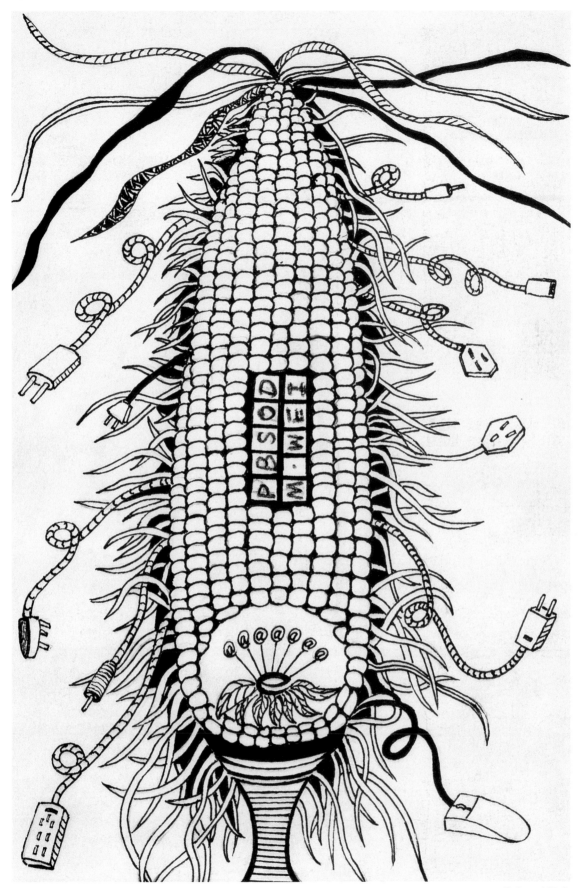

作者：叶国生

历年考题

1997 年中央美术学院

素描考题：用一盒饮料和一块白布自行加以组合。

2002 年中央美术学院

素描考题：一只手和一张纸。

要求：用写实手法，形式自定，不添加其他物品。

2004 年江南大学

素描考题：我的卧室。

要求：可以用线表现，也可以用面表现，或者用线、面结合表现。

2004 年中央美术学院

素描考题：包·打开。

2004 年中国地质大学

素描考题：石膏像写生。

要求：改变石膏像的材质，充分发挥想象力，并画出另外一种质感。

2004 年上海戏剧学院

素描考题："万花筒"。

要求：可用抽象或具象的形式表现，但只能用素描元素，不能出现色彩元素。

2004 年北京广播学院

素描考题：春天。

要求：手法不限。

考题实战点评

2004 年江南大学

素描考题：我的卧室。

要求：可以用线表现，也可以用面表现，或者用线面结合表现。

作者：何峰

作品点评：

　　作者通过对场景的整理、概括，增强了画面的秩序感。直率、单纯的用笔，让人把注意力集中到画面物体的形态上，这正是设计素描需要表达的本质。

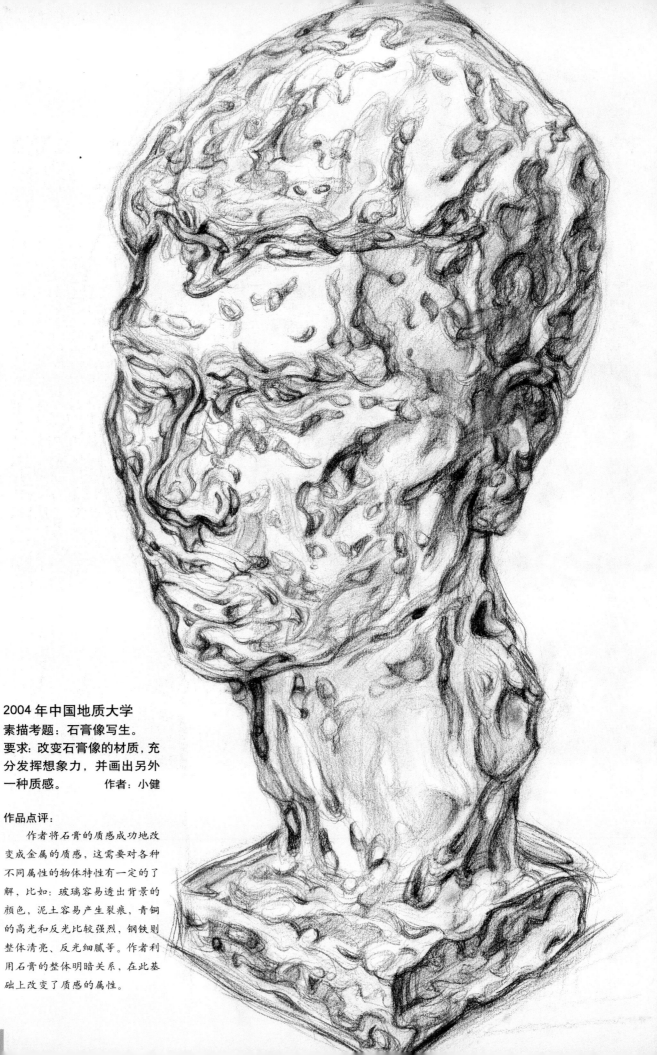

2004 年中国地质大学
素描考题：石膏像写生。
要求：改变石膏像的材质，充
分发挥想象力，并画出另外
一种质感。　　　作者：小健

作品点评：
　　作者将石膏的质感成功地改
变成金属的质感，这需要对各种
不同属性的物体特性有一定的了
解，比如：玻璃容易透出背景的
颜色，泥土容易产生裂痕，青铜
的高光和反光比较强烈，钢铁则
整体清亮、反光细腻等。作者利
用石膏的整体明暗关系，在此基
础上改变了质感的属性。

2004 年上海戏剧学院
素描考题："万花筒"。
要求：可用抽象或具象的形式表现，但只能用素描元素，不能出现色彩元素。

作者：梁春艳

作品点评：

　　该画以三角形的形态来构图，画面显得稳定自然。作者还很好地运用了点、线、面的造型要素来创作这幅作品，使作品具有流动的韵律感。

（二）写生题型

这种题型是最传统、最常见的题型。它注重考查学生的写生能力，这种能力最终落实在眼和手上。写生能力是设计类学生从事设计工作要掌握的最基本的能力之一，但是，目前学生的该项能力在普遍下降，甚至影响到了设计作品的整体水准。而传统的写生考题是考核学生基本功最有效的办法，所以写生题型还将会以常见的方式在美术高考中继续出现。在出题上，写生对象主要有人物、静物和石膏像等。

模拟题

素描试题：手托下巴的青年头像。

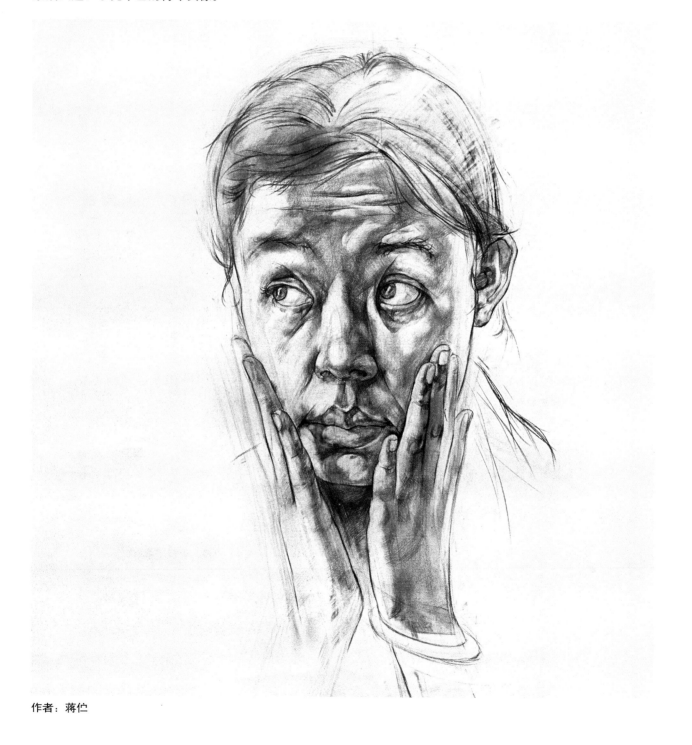

作者：蒋伫

速写试题：卧姿。

作者：张艳梅

速写试题：卧姿。

作者：粟慧琳

速写试题：四十分钟的人物静态。

作者：岑星品

素描试题：白胡子的老年人头像。

作者：张泰莹

素描试题：规则形的组合。

作者：何峰

素描试题：不规则形的组合。

作者：余佳

素描试题：仰视的石膏像。

作者：何峰

素描试题：石膏像和静物的组合。

作者：杨娟

历年考题

2002 年南京艺术学院

素描考题：人物半身带手像。

时间：三小时。

2003 年南京艺术学院

素描考题：男青年半身带手像。

时间：三小时。

2003 年中央民族大学美术学院

素描考题：男青年头像。

时间：三小时。

用纸：八开。

2003 年广州大学

素描考题：男青年头像。

时间：三小时。

用纸：八开。

2004 年北京电影学院

素描考题(初试)：老人头像。

时间：三小时。

用纸：四开。

2004 年大连轻工业学院

素描考题：男青年头像。

速写考题：站姿。

2004 年苏州大学

素描考题：男青年头像。

时间：三小时。

2004 年中央戏剧学院

素描考题(初试)：石膏像(海盗)。

素描考题(复试)：人物头像。

2004 年北京航空航天大学

素描考题：男青年头像。

用纸：八开。

2004 年北京工商大学

素描考题：男青年头像。

速写考题：站姿、立姿、坐姿各一张。

2005 年四川音乐学院美术学院

素描考题：女青年头像。

速写考题：四十分钟内画四个动态。

2005 年四川师范大学

素描考题：女青年头像。

速写考题：二十分钟内画两个不同角度的作画动态。

2005 年南京师范大学

素描考题：男青年头像。

2005 年中南林业学院

速写考题：坐姿。

2005 年太原科技大学

素描考题：男青年头像。

2005 年湖南女子大学

素描考题：一个瓷罐，一个苹果，一个香蕉，一个透明玻璃杯，一块浅蓝色衬布，一块白色衬布。

2005 年北京首都师范大学

素描考题：男青年头像。

时间：三小时。

速写考题：站姿和坐姿各一张。

时间：各十五分钟。

2005 年郑州轻工业学院

速写考题：一个男子手托下巴，坐着看书的姿态。

2005 年中国人民大学

素描考题：男青年头像。

时间：两个半小时。

2005 年成都艺术职业学院

素描考题：男青年头像。

时间：三小时。

用纸：四开。

2005 年北京工商大学

素描考题：男青年头像。

2005 年湖南湘南学院

素描考题：石膏像(海盗)。

时间：三小时。

考题实战点评

2002 年南京艺术学院
素描考题：人物半身带手像。　　　时间：三小时。

作者：何峰

作品点评：
　　作者很好地抓住了对象的动态和神态，落笔准确肯定，其对人物结构的理解从画面上得到了较好的体现。

2003 年南京艺术学院
素描考题：男青年半身带手像。　　　时间：三小时。

作者：何峰

作品点评：
　　画中的人物动态自然、结构准确、比例合理。可以看出，作者有较强的基本功和表现力。

2005 年中南林业学院
速写考题：坐姿。

作者：张泰莹

作品点评：
　　作者对人物的形体结构及其动态都进行了准确的刻画。画面厚实完整，主次分明。

速写考题：坐姿。

作者：蓝斯淑

作品点评：

　　这幅速写的人物比例准确，画面线条肯定生动，作者很好地表现了人物自然放松的坐姿。

速写考题：坐姿。

作者：韦快新

作品点评：

　　这幅作品的人物造型准确，画面线条有力度感。作者对整个人物神态、动态都有生动的表现。

速写考题：坐姿。

作品点评：

　　从画面效果来看，作者对人物的比例、结构有一定的了解，手法简练概括。

作者：陆晨

2005 年湖南湘南学院
素描考题：石膏像（海盗）。
时间：三小时。
作品点评：
　　这是一张以线为主来表现
对象的结构素描，作者用粗细
不一、长短不一的线条来表现
形体的透视关系和空间关系，
并使作品产生力量感和节奏感。

作者：何峰

作者：朱蔓清

作品点评：
　　此画构图丰满，整体感强。作者运用精炼、概括的线条来表现对象，使画面人物生动自然。该画有一定的冲击力。

2005 年四川师范大学

速写考题：二十分钟内画两个不同角度的作画动态。

作者：雷颖

作品点评：

　　作者主要运用线的形式来表现对象。画面生动，构图合理，线条流畅。

作者：雷颖

作品点评：
　　这幅作品的重点是表现头、颈、肩背、盆腔等形体结构的转折关系，作者通过精炼的线条很好地表现了这些关系。

2005年太原科技大学
素描考题：男青年头像。

作者：何峰

作品点评：
    此作品是一张典型的结构素描。作者对人物结构的理解相当深入，该画面富有较强的视觉效果和表现力。

2005 年湖南女子大学
素描考题：一个瓷罐，一个苹果，一个香蕉，一个透明玻璃杯，一块浅蓝色衬布，一块白色衬布。

作者：檀业寅

作品点评：

画面中罐子、杯子的透视关系准确，衬布的质感也刻画得恰到好处，画面主次分明，但是构图重心过于偏左。

2005 年北京首都师范大学
素描考题：男青年头像。　　　时间：三小时。

作者：蒋伫

作品点评：

　　作品构图饱满合理、造型准确严谨。作者用细腻柔美的线条生动地表现了人物的个性气质。

2005 年北京首都师范大学
速写考题：站姿和坐姿各一张。
时间：各十五分钟。

作品点评：

　　作品的人物形象生动鲜活，清新简洁。可以看出作者作画时轻松的心态。

作者：蓝雄

作品点评：

　　这幅作品的人物动态、神态准确自然，人物的衣纹转折画得既丰富又有规律。

作者：刘佳

2005 年郑州轻工业学院

速写考题：一个男子手托下巴，坐着看书的姿态。

作者：何丽

作品点评：

　　作者以线描的形式来完成此速写。画面人物形神兼备，用线生动流畅，这是一幅画得较好的作品。

2005 年中国人民大学
素描考题：男青年头像。
时间：两个半小时。

作者：劳宜超

作品点评：
　　这幅作品构图合理，整体感强。作者对人物的五官刻画尤其深入，显示出该考生具有较强的造型能力。

2005 年北京工商大学
素描考题：男青年头像。

作者：刘奕进

作品点评：

　　从作品中，我们可以看出作者对人物头部的结构有一定的了解，并能抓住对象的形象特征进行刻画。作者用笔大胆自如，干脆利索。

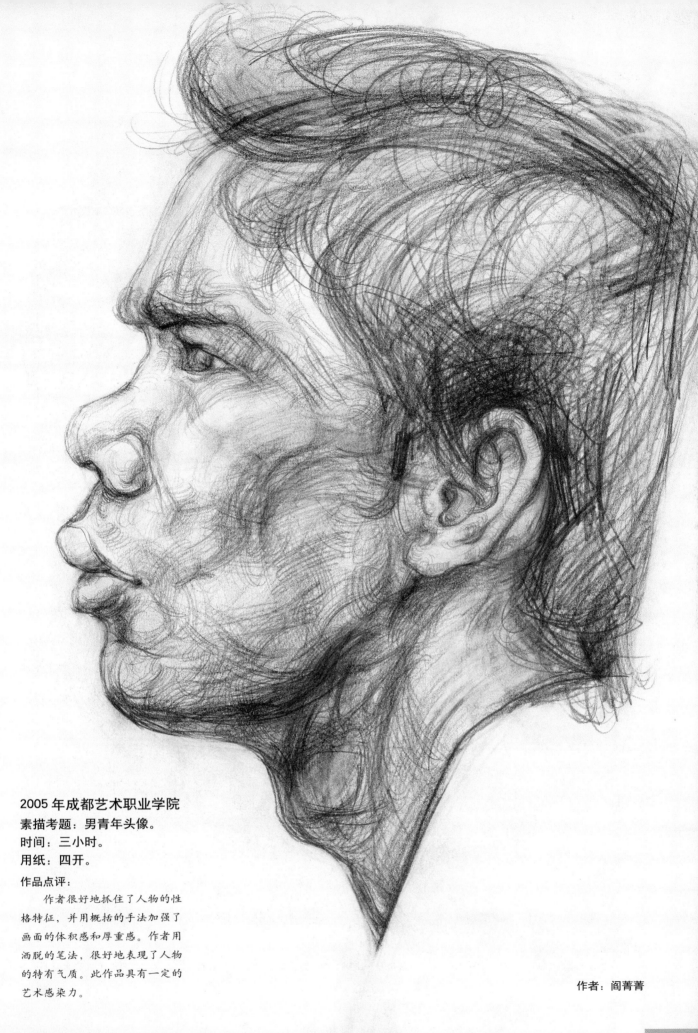

2005 年成都艺术职业学院
素描考题：男青年头像。
时间：三小时。
用纸：四开。
作品点评：
　　作者很好地抓住了人物的性
格特征，并用概括的手法加强了
画面的体积感和厚重感。作者用
洒脱的笔法，很好地表现了人物
的特有气质。此作品具有一定的
艺术感染力。

作者：阎菁菁

（三）默写题型

在高考题目中，默写有两种类型：全默写和半默写。考试之前要有所准备，最好把自己曾经画过的画面牢牢记住，并在考场上默写出来，这样才有根有据；或者默写自己比较熟悉的内容，考生平时要多留心、多记录、多用脑；如果碰到要默写自己比较陌生或没有画过的物品，那就要依靠个人的理解能力了。凭借对形体结构的理解，你就可以画出各种不同的物体形状。另外，默写题型省去了请模特、买静物、借用石膏像的工作，大大方便了高校的远程设点的招生工作，顺应了当今全国各大院校扩大招生的时代潮流，所以默写题型正在成为美术高考中最有代表性的题型之一。

模拟题

素描试题：不规则形的组合（树叶）。

作者：　何峰

素描试题：规则形和不规则形的组合。

作者：何峰

素描试题：手。

素描试题：机械零件组合。

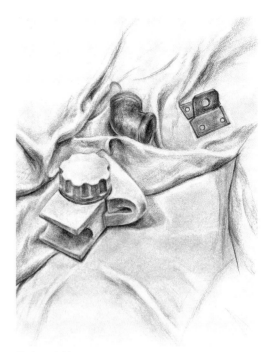

作者：何峰

作者：廖婷

素描试题：人物坐姿。

速写试题：人物组合。

作者：何峰

作者：陈迪

素描试题：规则形和不规则形的组合。

作者：李琳琳

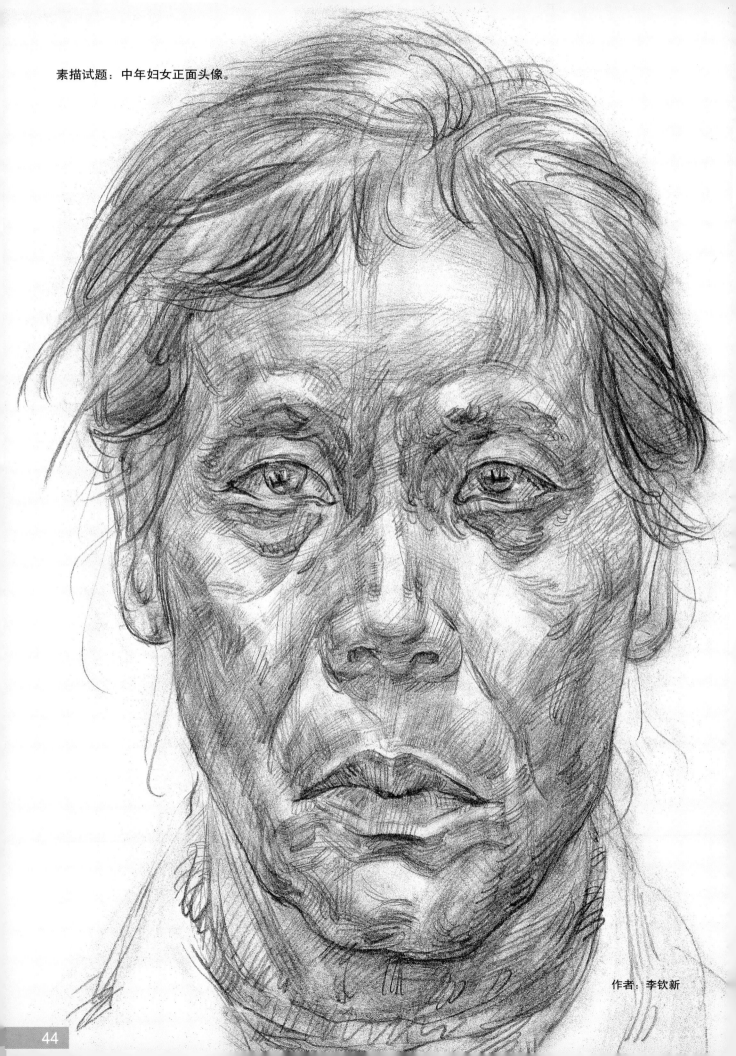

素描试题：中年妇女正面头像。

作者：李钦新

44

历年考题

2003 年武汉化工学院

素描考题：男青年看打篮球的头像。

时间：三小时。

用纸：八开。

2003 年宁波大学

素描考题：女青年戴头巾四分之三侧面像。

要求：清楚地表现一只耳朵。

时间：三小时。

用纸：四开。

2003 年桂林工学院

素描考题：若干橘子，一个白瓷盘，两块衬布，一把水果刀。

时间：三小时。

用纸：四开。

2003 年东北林业大学

素描考题：一个罐子，一块衬布。

2003 年华南农业大学

素描考题：根据所给的文字默写一幅头像。

文字："他看上去很瘦，瘦得厉害，穿得像个平民。"

时间：三小时。

用纸：八开。

2003 年浙江工程学院

素描考题：手拿网球拍的女子半身像。

2004 年天津工业大学

素描考题：男青年头像。

2004 年大连轻工业学院

速写考题：扫地的姿势。

2004 年北京林业大学

素描考题(半默写)：以三个给出的罐子为主体，布和水果自定。

2004 年山东大学

素描考题：中年男子四分之三侧面头像。

时间：三小时。

用纸：八开。

2004 年西安工程科技学院

素描考题：女大学生头像。

时间：三小时。

用纸：八开。

2004 年陕西科技大学

素描考题：中老年男子头像。

时间：三小时。

2004 年北京服装学院

素描考题：男青年正面头像。

2005 年华南师范大学

素描考题：男青年四分之三侧面头像。

速写考题：一个跑步的动态。

2005 年大连轻工业学院

速写考题：一个男青年坐在椅子上，两腿自然交叉，左腿放在右腿上面，手放在衣兜里。

时间：三十分钟。

要求：不得画椅子，不得画模特身上以外的东西和明显标志，否则当舞弊处理。

2005 年武汉科技学院

素描考题：一个香槟酒瓶，两个大小不一的酒杯，一个柠檬。

2005 年江南大学

素描考题：雨伞和鞋的组合。

2005 年武汉理工大学

素描考题：右手抓着一支圆珠笔。

2005 年中南民族大学

素描考题：给出陶罐一个，水果刀一把，自己再配上三个香蕉，一个苹果，四颗葡萄，一个鸡蛋，一个盛有饮料的高脚杯，以及衬布一块，自由组合成一幅画。

考题实战点评

2003 年宁波大学

素描考题：女青年戴头巾四分之三侧面像。　　　时间：三小时。

要求：清楚地表现一只耳朵。　　　　　　　　　用纸：四开。

作者：檀业寅

作品点评：

　　从作品看，作者对人物的结构较为了解，在表现上线面结合，使画面更丰富多彩。由于作者较好地解决了头、颈、肩的结构关系，因此画中的人物显得自然生动。

2003 年桂林工学院

素描考题：若干橘子，一个白瓷盘，两块衬布，一把水果刀。

时间：三小时。

用纸：四开。

作者：李诚

作品点评：

　　作者对作品的色调控制得较好，画面构图生动合理，虚实搭配恰到好处，在布的结构、质感上表现得较成功，橘子、水果刀、白瓷盘的体面关系也表现得明白肯定。

2003 年武汉化工学院
素描考题：男青年看打篮球的头像。　　　时间：三小时。　　　用纸：八开。

作者：黄原

作品点评：

　　作品中人物专注的眼神及略带紧张的表情，在一定程度上很好地体现了试题的要求。画中男青年时尚的发型，结实的肌肉，黝黑的皮肤，表现出当代青年的风采，但用笔上有点生硬。

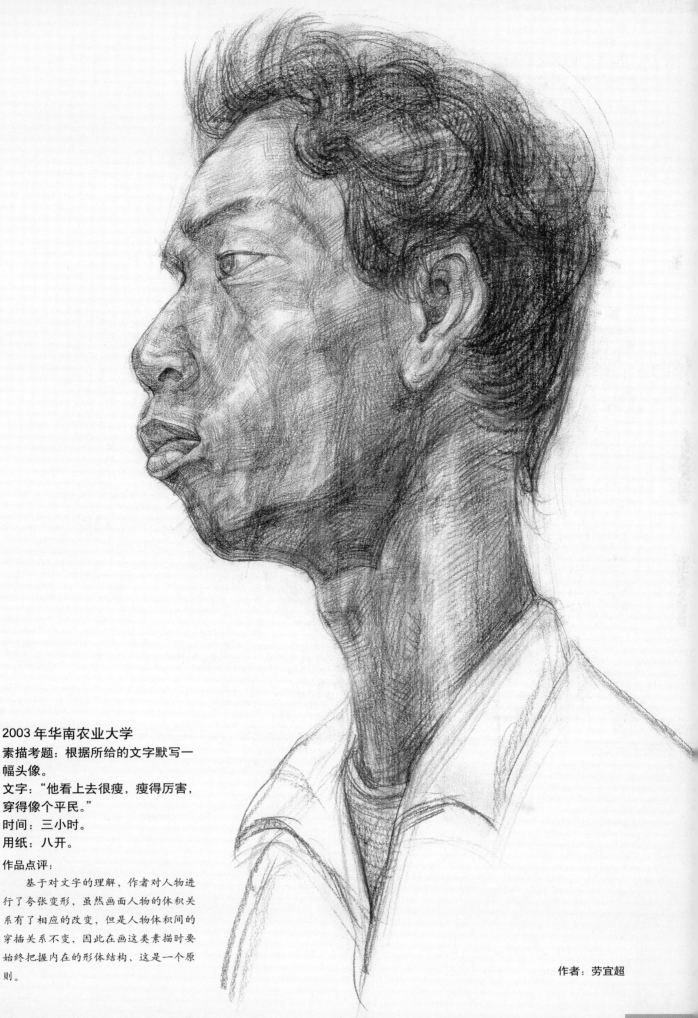

2003 年华南农业大学
素描考题：根据所给的文字默写一幅头像。
文字："他看上去很瘦，瘦得厉害，穿得像个平民。"
时间：三小时。
用纸：八开。
作品点评：

　　基于对文字的理解，作者对人物进行了夸张变形，虽然画面人物的体积关系有了相应的改变，但是人物体积间的穿插关系不变，因此在画这类素描时要始终把握内在的形体结构，这是一个原则。

作者：劳宜超

2004 年北京林业大学

素描考题（半默写）：以三个给出的罐子为主体，布和水果自定。

作者：潘世顺

作品点评：

　　作品中的物体结构明确、造型生动，画面中光影、调子、透视的处理得当，画面构图合理并富有美感。

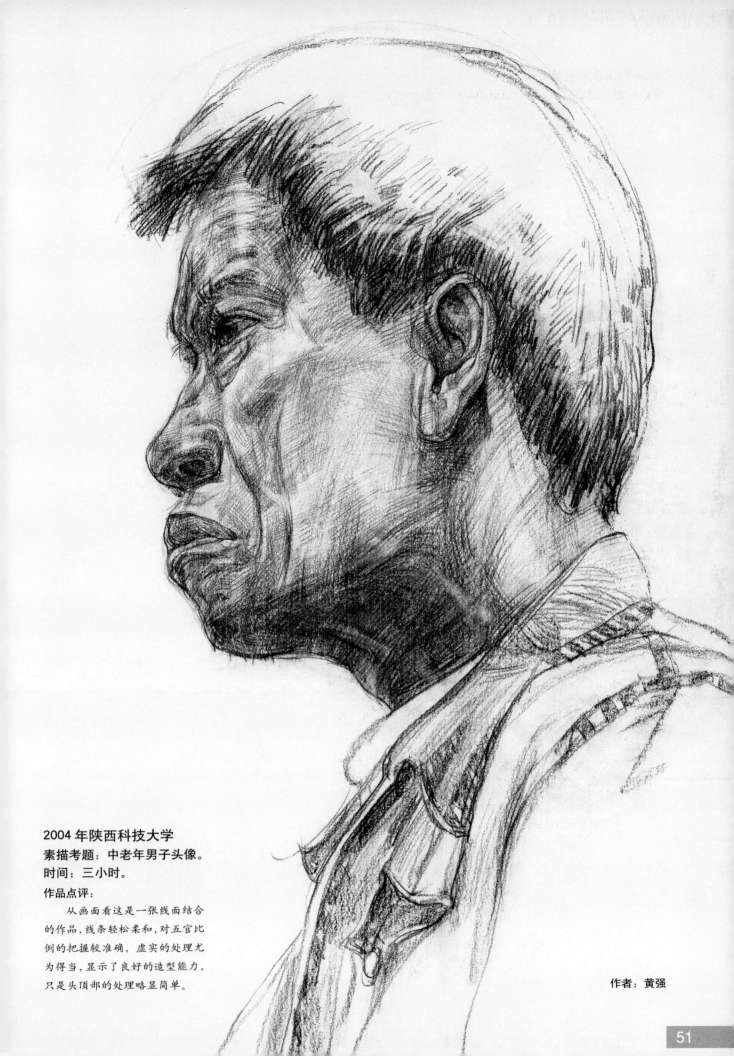

2004 年陕西科技大学
素描考题：中老年男子头像。
时间：三小时。
作品点评：
　　从画面看这是一张线面结合
的作品，线条轻松柔和，对五官比
例的把握较准确，虚实的处理尤
为得当，显示了良好的造型能力，
只是头顶部的处理略显简单。

作者：黄强

2005 年武汉科技学院
素描考题：一个香槟酒瓶，两个大小不一的酒杯，一个柠檬。

作者：彭代维

作品点评：

　　作品造型严谨，画面物体层次较丰富，作者有良好的造型能力和整体控制能力。

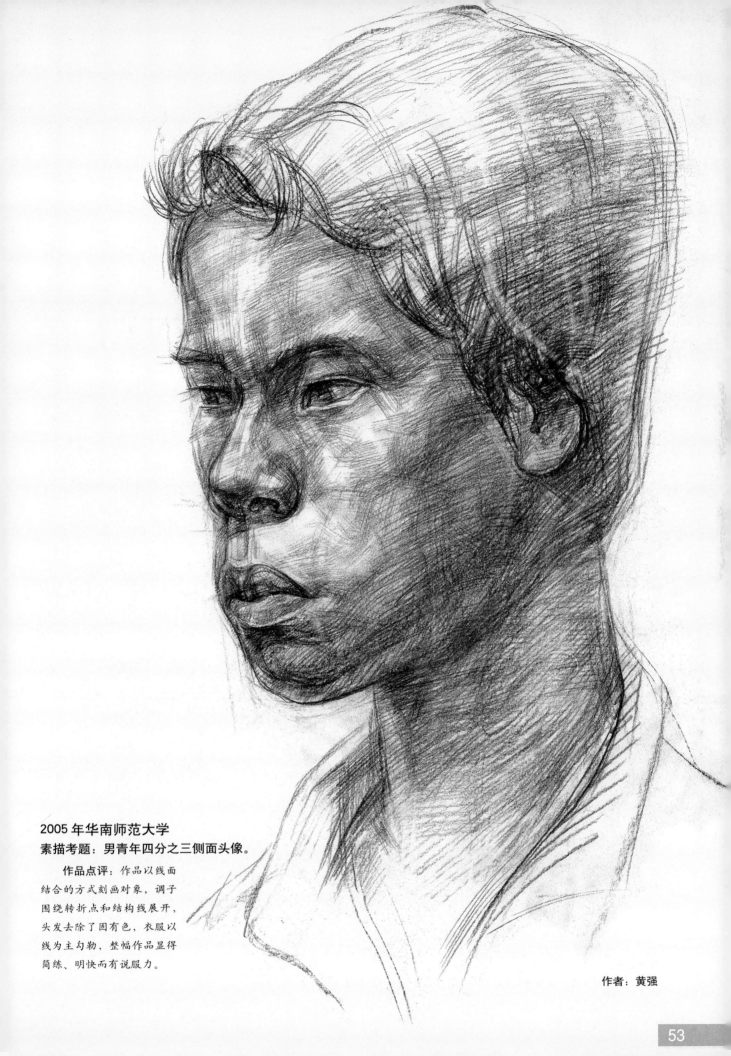

2005 年华南师范大学

素描考题：男青年四分之三侧面头像。

作品点评：作品以线面
结合的方式刻画对象，调子
围绕转折点和结构线展开，
头发去除了固有色，衣服以
线为主勾勒，整幅作品显得
简练、明快而有说服力。

作者：黄强

速写考题：一个跑步的动态。

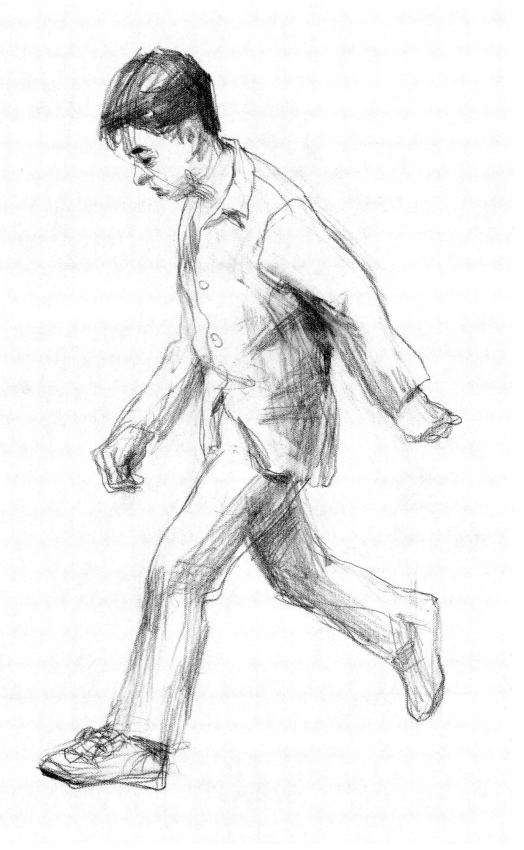

作者：何峰

作品点评：
　　作者以大块面、大动态线的用笔勾画出跑步的人物的动态关系，并在此基础上作了粗中有细的描绘。

2005 年大连轻工业学院

速写考题：一个男青年坐在椅子上，两腿自然交叉，左腿放在右腿上面，手放在衣兜里。

时间：三十分钟。

要求：不得画椅子，不得画模特身上以外的东西和明显标志，否则当舞弊处理。

作者：何峰

作品点评：

　　在作速写练习的时候，对象往往是身边的人物和场景，平时对这些素材的研究和收集是很重要的。这张速写不仅动态比例准确、线条简洁明了，而且神态也自然生动。

2005 年江南大学
素描考题：雨伞和鞋的组合。

作者：韦勇历

作品点评：

　　这幅作品的构图生动自然，作者对物体的结构分析清晰明了，用笔概括、直率。

作者：刘凯

作品点评：
　　在这幅作品中，右手抓着圆珠笔的动态较为自然生动，基本的形体关系刻画到位，色调统一，但拇指关节的刻画略显不足。

2005 年中南民族大学

素描考题：给出陶罐一个，水果刀一把，自己再配上三个香蕉，一个苹果，四颗葡萄，一个鸡蛋，一个盛有饮料的高脚杯，以及衬布一块，自由组合成一幅画。

作者：张斌

作品点评：

　　作者对细节的描绘比较到位，画面的黑白灰色调处理得当，对物体结构的表现准确。

（四）摹写图片题型

现在越来越多的院校考题采用图片代替写生对象，在考场中，给每个考生发一张同样的图片或照片（或彩色或黑白），这样所画的对象角度、光线、色调都是统一的。这种考试办法对考生是比较公平的。由于看图摹写所画的不是实物对象，很容易被图片现成的效果所迷惑，陷入照搬照抄的局面，因而失去了绘画的鲜活性，所以考生要特别注意这种题型。另外，此类题型的机动性较大，常常带有半默写的成分，比如提供正面，要求默写侧面；提供一部分物体，要求默写另一部分物体等，以考查考生的应变能力。

试题照片

模拟题

素描试题：根据所给的图片作画。
要求：不能增减物品。

作者：何峰

素描试题：根据所给的图片作画。
要求：增加三件物品，组合成为完整的画面。

试题照片

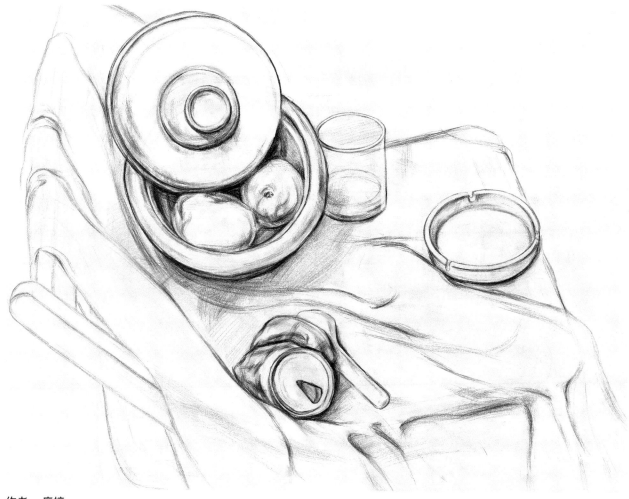

作者： 廖婷

历年考题

2004 年华南师范大学

素描考题：根据照片画出女青年四分之三侧面像。

时间：三小时。

用纸：八开。

2004 年东华大学

素描考题：根据所给的正面、侧面中年妇女照片，默画出她的四分之三侧面头像。

要求：形象、特征与所给照片相符，表现形式不限，工具限用铅笔或炭笔。

时间：两个半小时。

用纸：八开。

2004 年苏州科技学院

素描考题：根据照片画出长发女青年四分之三侧面像。

时间：三小时。

用纸：八开。

2004 年沈阳航空工业学院

素描考题：根据所给的一张女青年四分之三侧面照片改画成正面头像。

时间：三小时。

用纸：八开。

2004 年中南民族大学

素描考题：画自己的照片。

时间：三小时。

用纸：八开。

2004 年重庆工商大学

素描考题：头像移植，把所给的戴眼镜的男青年四分之三侧面照片画到考卷上。

2005 年东华大学

素描考题：根据所给的男青年的正面与正侧面照片默画其四分之三侧面的头像。

考题实战点评

2004 年重庆工商大学

素描考题：头像移植，把所给的戴眼镜的男青年四分之三侧面照片画到考卷上。

考题照片

作者：黄华

作品点评：

　　此画的明暗关系明确，构图合理，人物造型准确，作品有一定的视觉冲击力。只是对颧骨的表达还可再强调一些。

2005 年东华大学

素描考题：根据所给的男青年的正面与正侧面照片默画其四分之三侧面的头像。

考题照片：正面

考题照片：正侧面

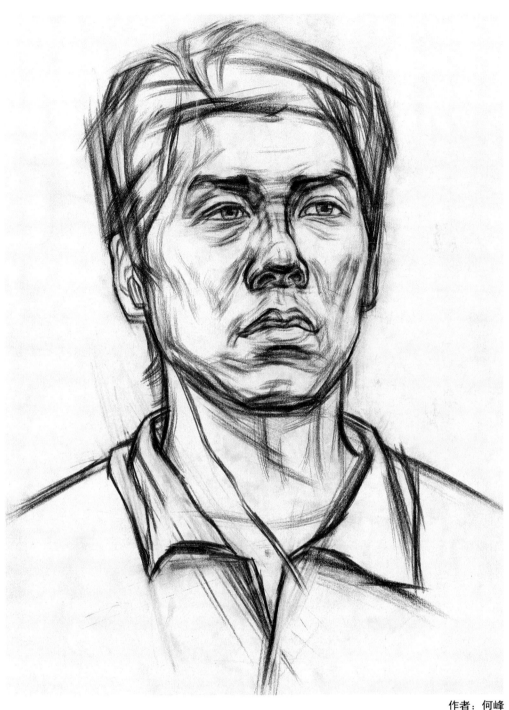

作品点评：

　　从考试的角度看，采用结构素描的表现形式可以把注意力集中到表现对象的形态体积上。在默写过程中，要尽量准确地、生动地表现人物的性格特征，并通过线条的轻重刻画来获得虚实、明暗、立体和空间效果。

作者：何峰

二、开设艺术设计专业的各大院校名录

北京

清华大学、北京林业大学、中央民族大学、中央美术学院、北京服装学院、北京印刷学院、北京理工大学、北京广播学院

天津

天津大学、天津美术学院、天津轻工业学院、天津工业大学、南开大学、天津理工学院

河北

河北工业大学、河北大学、河北科技大学、燕山大学、河北建筑工程学院

山西

山西大学、太原理工大学

内蒙古

内蒙古大学、内蒙古师范大学、内蒙古农业大学

辽宁

大连大学、大连轻工业学院、沈阳航空工业学院、鲁迅美术学院、辽宁工学院、沈阳建筑工程学院、东北大学

吉林

吉林大学、延边大学、长春大学、吉林建筑工程学院、吉林艺术学院、长春师范学院

黑龙江

哈尔滨工业大学、哈尔滨理工大学、东北林业大学、哈尔滨师范大学、黑龙江大学

上海

上海交通大学、同济大学、东华大学、上海大学、上海理工大学、上海师范大学、上海戏剧学院、华东理工大学、上海应用技术学院

江苏

苏州大学、江南大学、南京师范大学、江苏理工大学、南京艺术学院、南京林业大学、常州师范学院、扬州大学、南通工学院、淮海工学院、徐州师范大学、南京经济学院

浙江

浙江工业大学、宁波大学、中国美术学院、浙江工程学院、杭州商学院、浙江师范大学、绍兴文理学院、温州师范学院

安徽

合肥工业大学、安徽师范大学、安徽建筑工业学院、安徽机电学院、安徽大学

福建

厦门大学、福州大学、福建师范大学

江西

南昌大学、江西师范大学、景德镇陶瓷学院、南昌航空工业学院、江西农业大学

山东

山东师范大学、曲阜师范大学、青岛大学、山东工艺美术学院、山东工程学院、山东轻工业学院、山东建筑工程学院、青岛建筑工程学院、山东艺术学院、烟台大学

河南

河南大学、河南农业大学、河南师范大学、中原工学院、郑州轻工业学院、郑州大学、郑州工程学院、洛阳师范学院

湖北

武汉大学、华中科技大学、武汉理工大学、武汉科技学院、湖北美术学院、中南民族学院、湖北师范学院

湖南

中南大学、中南林学院、株洲工学院、湖南商学院、湖南大学、长沙交通学院、湖南湘南学院

广东

汕头大学、深圳大学、广州美术学院

广西

广西艺术学院、广西师范大学、桂林工学院

新疆

新疆艺术学院、新疆师范大学

重庆

重庆大学、西南师范大学、四川美术学院、重庆师范学院、重庆商学院

四川

四川大学、西南交通大学、西南民族学院、成都理工大学、四川音乐学院

贵州

贵州大学、贵州师范大学、贵州民族学院

陕西

西北大学、西安理工大学、西安建筑科技大学、西安美术学院、西北工程科技学院、长安大学、西安工业学院

甘肃

兰州大学、西北师范大学、西北民族学院、兰州商学院

海南

海南大学

青海

青海师范大学、青海民族学院

宁夏

西北第二民族学院

云南

云南大学、昆明理工大学、云南艺术学院

三、各大院校地址

中央美术学院

北京市朝阳区花家地南街 8 号

电话：010－64771056

邮编：100102

中国美术学院

杭州市南山路 218 号

电话：0571－16885100

邮编：310002

鲁迅美术学院

沈阳市和平区三好街 19 号

电话：024－23930043

邮编：110004

四川美术学院

重庆市九龙坡区黄桷坪正街 108 号

电话：023－68520038

邮编：400053

广州美术学院

广州市海珠区昌岗东路 257 号

电话：020－84017740

邮编：510260

天津美术学院

天津市河北区天纬路 4 号

电话：022－16898100

邮编：300141

西安美术学院

西安市含光南路 100 号

电话：029－88222342

邮编：710065

湖北美术学院

武汉市武昌中山路 374 号

电话：027－88862125

邮编：430060

清华大学美术学院

北京市朝阳区东环北路 34 号

电话：010－65619723

邮编：100020

中央戏剧学院

北京市东城区棉花胡同 39 号

电话：010－64040702

邮编：100710

北京电影学院

北京市海淀区西土城路 4 号

电话：010－62018899－379

邮编：100088

北京服装学院

北京市朝阳区和平街北口

电话：010－64218877－244

邮编：100029

北京印刷学院

北京市大兴区华北路 25 号

电话：010－61265545

邮编：102600

上海戏剧学院

上海市华山路 630 号

电话：021－62488077

邮编：200040

上海理工大学

上海市军工路 516 号

电话：021－65689673

邮编：200093

青岛大学

青岛市宁夏路 308 号

电话：0532－5954708

邮编：266071

南京艺术学院

南京市虎踞北路 15 号

电话：025－3312781

邮编：210013

湖南大学

长沙市岳麓山

电话：0731－8823560

邮编：410082

深圳大学

深圳市南山区

电话：0755－26536235

邮编：518060

广西师范大学

桂林市育才路 3 号

电话：0773－5818532

邮编：541004

广西艺术学院

南宁市教育路 7 号

电话：0771－5333095

邮编：530022

后记

　　本书经过半年多的编写，终于和读者见面了。在编写过程中得到各方专家学者、师生朋友的大力支持和帮助，在此我一并表示深深的感谢。

　　本书在编写中，难免有失误、遗漏之处，非属怠慢，实因编写时间仓促，事务繁忙，特此说明。此书的完成，感谢广西美术出版社，感谢杨诚、吕海鹏两位编辑的指点和鼎力帮助，感谢刘佳、韦小玮的热情支持，同时还应感谢岑星品、蒋仁、黄强、劳宜超、檀业寅、李诚等先生慷慨提供作品。正是由于有这样的良师益友，才有了书中内容相当程度的丰富性，并得以如期呈现于读者面前。

　　本书言论，尽量贴近事实，客观陈述，如有偏差，只代表个人判断，不代表权威，希望读者批评指正。

编著者：何光、谢小健

2006 年 1 月